CUENTO
DE LUZ

Para Pem Tandin, que fue una bendición en mi vida
y consiguió que Bután me robase el corazón.

- Virginia Kroll -

A Marc, mi precioso amor,
con quien comparto el camino de la felicidad.

- Nívola Uyá -

Secretos en la nieve

© 2013 del texto: Virginia Kroll
© 2013 de las ilustraciones: Nívola Uyá
© 2013 Cuento de Luz SL
Calle Claveles, 10 | Urb. Monteclaro | Pozuelo de Alarcón | 28223 | Madrid | España
www.cuentodeluz.com
Título en inglés: *Snowbound Secrets*
Traducción de Jimena Licitra

ISBN: 978-84-15784-76-0

Impreso en China por Shanghai Chenxi Printing Co., Ltd., septiembre 2013, tirada número 1395-3

FSC
www.fsc.org
MIXTO
Papel procedente de
fuentes responsables
FSC® C007923

Secretos en la nieve

Virginia Kroll y Nívola Uyá

—Por favor, papi, yo también quiero ir —suplicó Pem—. Soy una buena pastora de yaks.

—Sí, es cierto, lo eres —contestó su padre—. Pero ahora hay mucha nieve profunda. Vete a la cama y sueña con el verano.

—¡Por favor, papi, por favor! —insistió Pem

—Si sigues lloriqueando, ¡el yeti vendrá por ti! —le advirtió su hermano mayor Bim con un gruñido, al tiempo que la agarraba con fuerza.

—¡Bim! —chilló Pem mientras se liberaba de las garras de su hermano—. Tú solo intentas asustarme.

Pero en el fondo se preguntó si no sería verdad que los monstruos peludos de la montaña capturaban a los niños que se portaban mal.

Al amanecer, cuando su padre y su hermano Bim cargaban al rebaño de yaks con el equipaje, Pem ya estaba despierta y vestida de invierno.

—Por favor, *porfa* —pidió Pem una vez más.

Su madre tomó el chal de lana más abrigado que tenía la niña y, tras colocarlo sobre sus pequeños pero robustos hombros, le dijo:

—Está bien, hija, ve con ellos.

A la hora de tomar decisiones en lo referente a los niños, las madres siempre tenían la última palabra. Pem le dio un fuerte abrazo a su mamá y corrió hasta donde estaban su padre y Bim, ansiosa por emprender su primera expedición a la montaña.

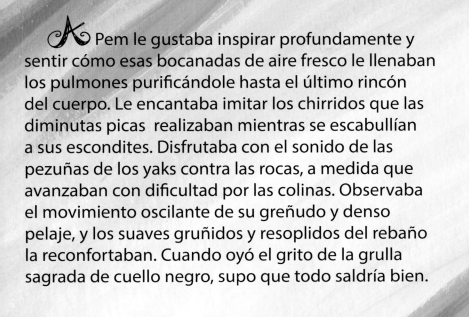

A Pem le gustaba inspirar profundamente y sentir cómo esas bocanadas de aire fresco le llenaban los pulmones purificándole hasta el último rincón del cuerpo. Le encantaba imitar los chirridos que las diminutas picas realizaban mientras se escabullían a sus escondites. Disfrutaba con el sonido de las pezuñas de los yaks contra las rocas, a medida que avanzaban con dificultad por las colinas. Observaba el movimiento oscilante de su greñudo y denso pelaje, y los suaves gruñidos y resoplidos del rebaño la reconfortaban. Cuando oyó el grito de la grulla sagrada de cuello negro, supo que todo saldría bien.

De todos los yaks de la manada, la favorita de Pem era una hembra de color *beige* llamada Karpo, que significaba «la rubia». La había dado a luz el año anterior Nado, «la oscura». Ahora Karpo y Pem podrían descubrir juntas los secretos de la montaña.

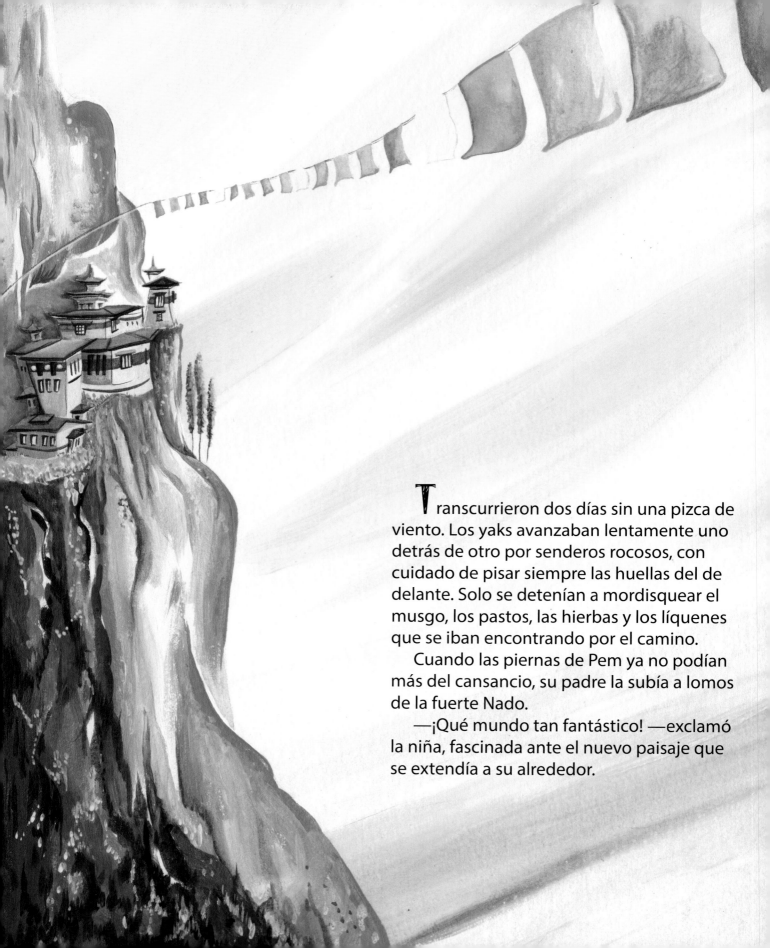

Transcurrieron dos días sin una pizca de viento. Los yaks avanzaban lentamente uno detrás de otro por senderos rocosos, con cuidado de pisar siempre las huellas del de delante. Solo se detenían a mordisquear el musgo, los pastos, las hierbas y los líquenes que se iban encontrando por el camino.

Cuando las piernas de Pem ya no podían más del cansancio, su padre la subía a lomos de la fuerte Nado.

—¡Qué mundo tan fantástico! —exclamó la niña, fascinada ante el nuevo paisaje que se extendía a su alrededor.

ero justo antes del anochecer del tercer día llegó la ventisca. El fuerte viento quemaba el rostro de Pem y la glacial aguanieve lo atravesaba como si se tratara de gélidas agujas. Los yaks, con su grueso pelaje, se giraron de espaldas al viento y permanecieron muy quietos. Pero la pequeña Karpo estaba confusa y muerta de miedo. Cuando Pem agarró su cuerda para ayudarla a darse la vuelta, la joven yak se resistió intentando escabullirse.

—Tranquila, Karpo, date la vuelta —le dijo Pem con voz muy suave.

Entonces Karpo resbaló. Pem intentó alcanzar su peluda cola para ayudarla a que recuperara el equilibrio, pero ya era demasiado tarde: derraparon por las rocas y se deslizaron cuesta abajo.

—¡Pem! —gimió su padre presa del pánico, pero la ventisca se tragó su alarido y los gritos de Pem.

Pem y Karpo cayeron en espiral, envueltas en un remolino blanco. Pem sintió que se le cortaba la respiración; cerró los ojos con fuerza y luego… ¡plof!, aterrizó de golpe sobre una superficie mullida.

—¡Karpo, Karpo! ¿Dónde estás? —dijo Pem entre sollozos.

Las lágrimas se le congelaban nada más brotar de sus ojos y, en la oscuridad de la noche, la nieve era lo único que arrojaba un tenue resplandor a su alrededor. Sabía que papá y Bim no podrían localizarla en medio de la tormenta; sabía que estaría sola hasta la mañana siguiente. Tenía que encontrar a Karpo, así al menos podrían estar solas juntas.

Pem oyó un gruñido. Tumbada boca abajo y totalmente a ciegas, se movió ligeramente hacia aquel sonido, muy despacio, para evitar caer por otra cornisa rocosa.

—¡Karpo! —gritó, intentando parecer valiente.

A Pem le dolía todo el cuerpo. De pronto, palpó un pie peludo.

—¡Karpo! —aulló mientras se aferraba a aquel denso pelaje para poder levantarse. Pero el pelo de Karpo no tenía ese tacto.

Pem alzó la vista. Unos ojos brillantes y curiosos la miraban fijamente. No eran los de Karpo, redondos, marrones y con largas pestañas, sino unos ojos entrecerrados, como de algo… o alguien… ¡Un yeti! Pem se desmayó del susto.

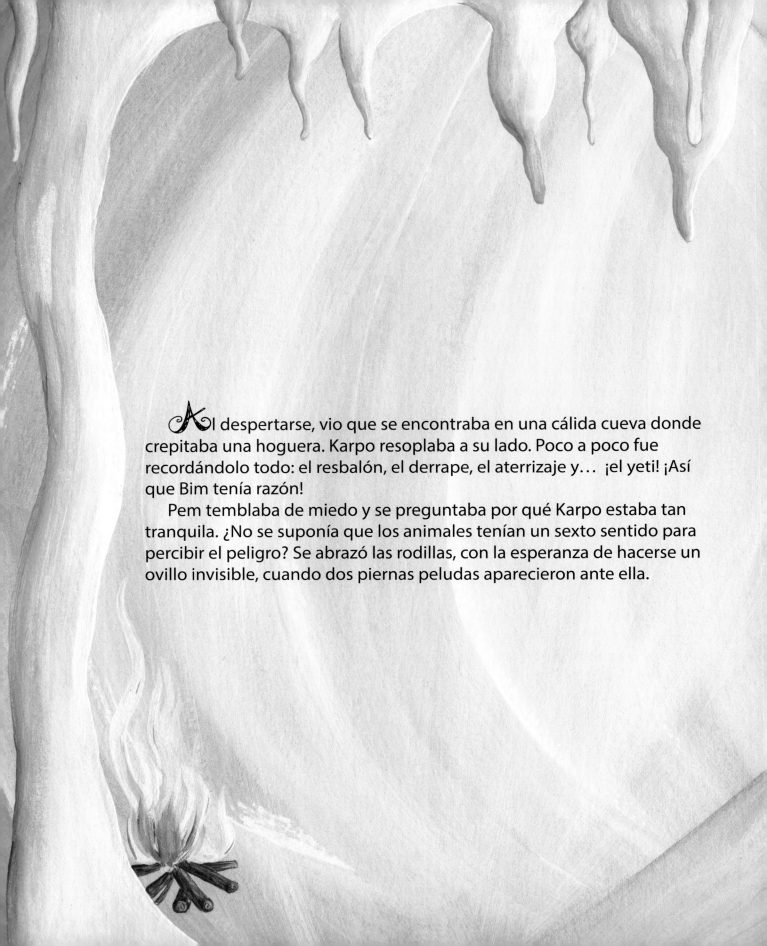

Al despertarse, vio que se encontraba en una cálida cueva donde crepitaba una hoguera. Karpo resoplaba a su lado. Poco a poco fue recordándolo todo: el resbalón, el derrape, el aterrizaje y… ¡el yeti! ¡Así que Bim tenía razón!

Pem temblaba de miedo y se preguntaba por qué Karpo estaba tan tranquila. ¿No se suponía que los animales tenían un sexto sentido para percibir el peligro? Se abrazó las rodillas, con la esperanza de hacerse un ovillo invisible, cuando dos piernas peludas aparecieron ante ella.

Pem levantó la cabeza y vio la cara de aquella criatura. A pesar de que no pronunció palabra alguna, supo que le estaba diciendo «No tengas miedo». Le explicó que Karpo y ella tenían magulladuras por los golpes, pero que, por lo demás, estaban bien. De algún modo entendió que Pem tenía hambre y le extendió un manojo de frutos secos y granos. Los pensamientos de aquel ser emanaban de su cerebro y pasaban a través de sus ojos directamente a los de Pem. Así intercambiaron preguntas, respuestas y sentimientos mientras Karpo masticaba el montón de heno que el yeti le había traído.

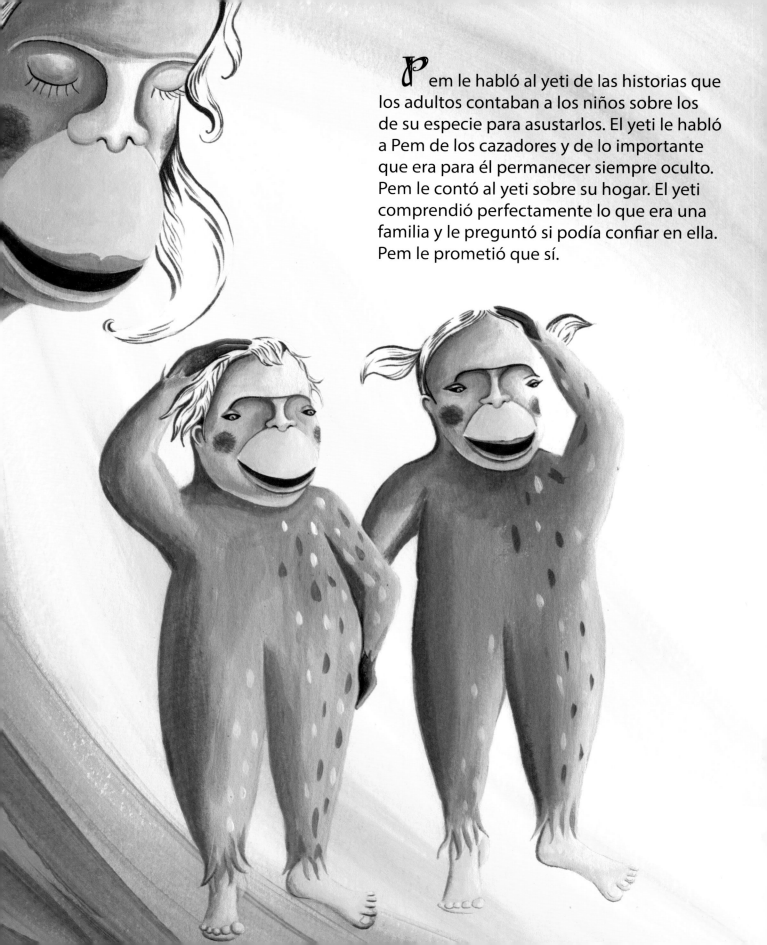

Pem le habló al yeti de las historias que los adultos contaban a los niños sobre los de su especie para asustarlos. El yeti le habló a Pem de los cazadores y de lo importante que era para él permanecer siempre oculto. Pem le contó al yeti sobre su hogar. El yeti comprendió perfectamente lo que era una familia y le preguntó si podía confiar en ella. Pem le prometió que sí.

Entonces el yeti emitió unos sonidos que eran como palabras, aunque Pem no fue capaz de entenderlas. De entre las sombras apareció una yeti hembra junto con unos gemelos del tamaño de Pem. Todos se quedaron mirándose fijamente, a cual más curioso.

Los gemelos condujeron a Pem hacia un muro que estaba en lo más profundo de la cueva. En él, a la luz del fuego, Pem distinguió unos dibujos de animales sobrevolados por grullas de cuello negro. También estaban representados los gemelos y sus padres, y había un dibujo de un hombre empuñando un arma. Pem comprendió entonces que aquel muro narraba la historia de esta familia de yetis.

Cuando se sintió vencida por el cansancio, se acurrucó entre los dos gemelos. Justo antes de quedarse dormida, el yeti le prometió con los ojos que al día siguiente las conduciría a ella y a Karpo hasta donde estaban su padre y Bim. También Pem obsequió al yeti con una promesa.

Cuando el amanecer trajo consigo la calma de un nuevo día y los rayos del sol moteaban la entrada de la cueva, el yeti le dijo que era hora de partir. Pem, los gemelos y su madre se despidieron con la mirada. Después, el yeti condujo a Karpo hacia el exterior de la cueva y subió a la niña a su lomo.

Realizaron el camino en silencio hasta que llegó a sus oídos el grito de una grulla de cuello negro. Entonces Pem oyó que su padre y su hermano Bim la llamaban: «¡Pem, Pem!». El yeti intercambió una última mirada con Pem y luego se esfumó.